W0252033

MAREIKE ENGELKE
RIKE DRUST

DAS EI VON AUA

KUNSTANSTIFTER

Von weitem sehe ich aus wie ein ganz normaler Berg. Aber wer näher herankommt, kann erkennen, dass ich ein trauriger Berg bin. Und wer versucht, mich zu besteigen, versteht auch warum: Auf mir kann kein Mensch stehen. Das liegt daran, dass meine Mutter ein Schwamm war und mir ihre für einen Berg völlig übertriebene Weichheit vererbt hat.

Eigentlich bin ich so ähnlich wie eine Wolke.

Da denken die Leute auch, sie könnten sich in die Flauschigkeit und Fluffigkeit reinwerfen und sie umarmen wie Watte, die nicht quietscht. Aber dann umarmen sie sich nur selbst, weil Wolken Nebel sind.

Bei mir denken alle: Hurra, ein Berg! Schnell den Schlitten holen, raufstapfen und runtersausen. Aber auf mir kann niemand rumstapfen. Wenn zum Beispiel ein Vogel auf mir landet, macht es nur *Schlupp* und statt auf dem Schnee zu sitzen und blinzelnd in die Sonne zu gucken, sinkt er einfach in mich ein.

BØB

Mein Schnee ist zu locker,
um auf mir zu stehen und zu fest,
um keine Luft zu sein.

Wenn da nicht ein paar starke Krähen vorbeikommen, die dem Vogel ein langes Seil durch das Loch hinunterlassen und ihn dann wieder hochziehen, dann ist er verloren. Und leider, leider stecken wirklich ein paar piksende Skelette in mir.

Früher kamen mal ein paar Kinder mit ihren Schlitten, und ich wurde ganz aufgeregt. Aber kein einziges Kind hat es geschafft, auf mir hochzugehen. Sie alle stapften und stapften, bis sie bis zum Bauch im Schnee standen und merkten: Ich bin keiner dieser Berge zum Hochgehen und Runterfahren.

Einige besorgte Eltern haben deshalb der Feuerwehr Bescheid gesagt. Die kam mit vielen Autos, die Feuerwehrleute verstapften sich selbst und sperrten mich aus Sicherheitsgründen ab. Seitdem flattert um mich herum Absperrband und es passiert gar nichts mehr.

Als ich wie jeden Tag gerade einen traurigen Seufzer seufzen will, höre ich Gebimmel. Das Gebimmel wird lauter, und dann düst ein Auto um die Ecke. Ein großes Auto mit einem noch viel größeren Eis auf dem Dach. Das Eis ist nicht echt und sieht alt, aber trotzdem lecker aus. Das Auto schlittert beim Bremsen und bleibt nach einer rasanten Drehung direkt vor mir stehen. Die Tür geht auf und eine Frau springt heraus.

Sie trägt einen Mantel, der vor lauter Buntheit schon fast wieder einfarbig wirkt. Um ihren Hals hat sie sehr viele Schals gewickelt, und an ihre klobigen Winterstiefel hat sie kleine Windräder gebunden. Als sie zum Absperrband kommt, reißt sie es einfach durch und versucht, sich mit ihren Schuhen, ihrem Mantel und ihren Schals auf mir hochzuwuseln.

BIMMEL
BIMMEL
Das Eis von
Aurora

seufz!

Ich habe so viele Fragen. Aber ich bin schüchtern und spreche nicht viel, und sowieso kommt die Frau mir aufgebracht zuvor:

„Was soll das denn hier? Wieso sinke ich denn immer wieder ein?“

„Weil meine Mama ein Schwamm war.“

„Das ist ja doof. Für dich. Und für mich auch.
Ich hatte doch was vor.“

„Was denn?“

„Eis verkaufen.“

„Im Schnee?“

„Kinder finden es nie zu kalt für Eis. Das finden immer nur die Eltern.“

„Hm.“

„Ist so. Und die Eltern sagen dann zu ihren Kindern: Kind! Es ist zu kalt. Dann zeigen sie auf ein geschlossenes Eiscafé und rufen: Sieh doch, das Eiscafé hat zu. Und ja, die meisten Eiscafés machen im Winter zu, aber nur, weil die Besitzerinnen und Besitzer in den kalten Monaten lieber im Süden leben, und NICHT, weil sie finden, dass Kinder im Winter kein Eis essen sollten.“

Sie nimmt einen
ihrer Schals und
wirft ihn energisch
um ihre Schulter.

Da sage ich lieber nichts mehr.

„Du redest wohl nicht so gern“, stellt die Frau fest.

„Nein“, murmele ich. „Bisher haben die Leute, die mit mir geredet haben, viel über mich geschimpft und sogar gesagt, ich sei gemeingefährlich. Deshalb bin ich lieber vorsichtig.“

Wir schweigen ein bisschen und gucken den Windrädern an den Schuhen der Frau beim Drehen zu. Dann springt sie auf: „Ich hab mich ja gar nicht vorgestellt. Mein Name ist Aurora.“

Sie wedelt ihre Schals aus dem Weg und verbeugt sich wie eine galante Zirkusdirektorin.

„Bob“, sage ich.

„Alles klar, Bob. Jetzt, wo wir unsere Namen kennen, können wir uns ja ums Geschäftliche kümmern.“

„Ums Geschäftliche?“ Ich fühle mich gestresst.

„Ja. Also: Wo sind die Kinder? Wo sind die Eltern? Warum wird hier nicht gerodelt?“

„Weil das auf mir nicht geht."

Aurora will mich hochstapfen, was bedeutet, dass sie geradeaus weitergeht, bis sie nicht mehr zu sehen ist.

„Weil deine Mama ein Schwamm war, ist dein Schnee schwammig und niemand kann auf dir stehen. Verstehe", kommt es dumpf aus meinem Inneren.

Ich sage nichts. Aurora kehrt zurück aus der Schneise, die sie in mich gegangen ist.

„Warst du schon immer so?", fragt sie.

Ich blicke sie zur Antwort traurig an.

„Aber die Leute hätten doch tolle Höhlen in dir bauen können. Ganze Schneelabyrinthe."

„Hält nicht. Mein Schnee hält überhaupt gar nicht", seufze ich. „Das haben ein paar Leute ausprobiert. Dann wurde ich als gefährlich eingestuft."

Mit meinem Blick zeige ich traurig auf das Absperrband.

„Du bist ganz schön einsam, oder?"

„Ja."

„Naja, jetzt bin ja ich hier." Aurora klopft sich den Schnee von ihrem Mantel und setzt sich neben mich.

„Du bist Eisverkäuferin?", traue ich mich zu fragen.

„Ich bin Produzentin von hochwertigem, außergewöhnlichem Speiseeis. Das verkaufe ich in meinem Eiswagen." Stolz zeigt Aurora auf ihr Auto. Bis auf das halbwegs strahlende Eis auf dem Dach sieht es nicht besonders gut aus. Die Türen sind rostig, eine Fensterscheibe an der Seite ist mit Pappkartons zugeklebt.

„Äh, schön“, sage ich höflich. Das Klebeband der Pappfensterscheibe flattert im Wind.

„Geht so. Du siehst ja, dass das Auto nicht im besten Zustand ist. Ich muss es unbedingt wieder flottmachen, weil niemand mehr Eis bei mir kaufen will. Die denken alle, ich verkaufe Eier von unglücklichen Hühnern.“

Aurora zeigt auf ihr Auto. Dort stand früher bestimmt in tollen, bunten Buchstaben **DAS EIS VON AURORA**. Jetzt fehlen ein paar davon und bunt sind die restlichen auch nicht mehr wirklich. Auf Auroras Eiswagen steht nur noch: **DAS EI VON AUA**.

„Aber ich muss Eis verkaufen, um Geld für die Reparatur zu haben“, klagt sie.

„Verzwickt“, sage ich.

„Schon.“ Aurora zuckt die Schultern. „Aber ich gebe nicht auf. Deshalb suche ich die Umgebung nach tollen Bergen ab, an denen ich Eis an Rodelkinder verkaufen kann. Und Kaffee an die Eltern, ich bin ja nicht doof“, tippt sich Aurora an die Stirn.

„Tipptopp Kaffee und das allerbeste Eis. Das Grundrezept kommt von meiner Nonna, ich mache es allerdings noch besser und habe viele Sorten, die einen unglaublichen Geschmack UND unglaubliche Außergewöhnlichkeit haben."

Aurora gerät ins Schwärmen.

„Ich mache Eis, das ist so fest, dass es, wenn es dir runterfällt, wie ein Flummi wieder zurück in die Waffel hüpft. Und es ist trotzdem ganz weich und schmelzig auf der Zunge. Und ich mache Eis, das im Dunkeln leuchtet. Ich habe sogar eins mit Geheimfach in der Kugel, was da drin ist, darf niemand verraten, ich nicht und die Kinder, die es bestellt haben, auch nicht. Aber der absolute Hit ist das Elternreinlege-Dauereis: Eine Kugel, die zwar aussieht wie eine Kugel, aber so viel ist wie vier."

Aurora streckt stolz den Rücken durch.

„Schlau.“ Ich bin echt beeindruckt.

„Ja. Und ich hab dir bis jetzt noch nicht mal von den Sorten erzählt.“

„Schokolade?“, frage ich.

„Klaro! Schokolade, Erdbeer, Zitrone und so. Aber ich experimentiere auch gern herum. Die besten Sorten sind dabei herausgekommen. Pfannkuchen-Zimt. Heißer Kakao mit Sahne. Ich mache gern Sorten mit Geschmack von Essen, das eigentlich warm ist. Dann schmeckt das Eis nicht so kalt.“

„Wieder schlau“, finde ich.

In diesem Moment kommt ein erschöpfter Vogel angeflogen. Er sieht mich und den Eiswagen und kann sich nicht entscheiden, wo er landen soll.

„Nicht auf mir landen!“, rufe ich hektisch. Wieder einmal bedaure ich, keine Arme zum Winken zu haben. Aurora eilt zu Hilfe.

„Nicht landen! Es ist ein Schwammberg!“, ruft sie.

Da ist es aber leider schon passiert. Der Vogel stürzt in mich hinein und ich weiß genau, wie er jetzt guckt.

„Neeeeiiiin!“ Aurora rennt sofort los zu ihrem Auto. Sie kramt laut darin herum und kommt mit einer Angel wieder, an deren Haken eine Kugel Eis hängt. Das ist bestimmt dieses Hüpfeis, von dem sie eben erzählt hat.

Ich bin beeindruckt, dass Aurora Eis machen kann, das an einem Angelhaken hält. Und davon, dass sie eine so schlaue Konstruktion gebaut hat. Nur mit dem Haken wäre das viel zu gefährlich für den Vogel gewesen. Aurora schwingt die Angel mit der Eiskugel wie eine Fliegenfischerin hin und her. Sie versucht, die Kugel ins Loch zu werfen, damit sich der Vogel daran festhalten und sie ihn rausziehen kann.

Seltsamerweise verspüre ich jedes Mal, wenn mich die Eiskugel berührt, ein unangenehmes Gefühl.

Als wäre ich plötzlich an der Stelle ganz klein. Ein bisschen tut es sogar weh.

Zum Glück ist Aurora gut im Angeln, und schon nach wenigen Versuchen trifft die Eiskugel das Einsturzloch des Vogels.

Aurora lässt die Kugel bis zu ihm hinunter, er krallt sich an ihr fest und wird nach oben gezogen.

Als die Eiskugel mich von oben bis unten streift, hinterlässt sie überall dieses unangenehme Gefühl. Es fühlt sich gleichzeitig lavaheiß und antarktischkalt an.

Ich bin so erleichtert, als der Vogel vor uns steht und wissen will, was los ist. Auch wenn er ziemlich unfreundlich nachfragt:

„Ja, sag mal, was bist du denn für ein bekloppter Berg? Das ist ja gemeingefährlich auf dir."

Traurig weiß ich nicht, was ich sagen soll. Aurora zeigt auf das Absperrband: „Wenn du dich ein bisschen umgeguckt hättest, hätte dir das auch vorher auffallen können. Das ist schließlich ein Absperrband und keine Girlande.“

„Jaja. Jetzt lass mich erstmal von diesem Schreck erholen“, erwidert der Vogel. Er lässt sich neben Aurora und mich plumpsen und holt unter seinem Flügel eine Zigarette hervor. Wir haben beide noch nie einen Vogel rauchen sehen. Es sieht lustig aus, auch wenn es natürlich total ungesund ist.

Er hustet einmal und sagt zuerst „Entschuldigung“ zu mir und dann zu Aurora: „Danke für die Rettung.“

„Kein Problem“, antwortet Aurora.

„Ich bin Emma“, sagt der Vogel.

„Ich bin Bob. Du bist eine Rauchschwalbe, oder?“, frage ich.

„Ja.“ Emma macht mit ihrem Schnabel kleine Rauchrauten.

„Ah, dann rauchen alle Rauchschwalben und heißen deshalb so?“, fragt Aurora. Sie kennt sich mit Vögeln wohl nicht so gut aus wie mit Eis.

„Quatsch“, antwortet Emma. „Wir Rauchschwalben heißen eben so. Ich rauche nur, weil die Menschen ihren Müll überall liegen lassen. Da hab ich mal Zigaretten gefunden und jetzt rauche ich die Schachtel eben leer.“

„Ich finde Rauchen doof“, sage ich. Aurora nickt. Dann sitzen wir herum.

Nach einer Weile habe ich eine Frage. Rauchschwalben sind Zugvögel und sollten eigentlich erst in ein paar Wochen hier sein.

„Warum bist du denn so früh?“, will ich wissen.

„Wir sind zusammen als Gruppe gestartet, aber neben mir flog so ein Idiot. Immer ein bisschen schneller als wir, damit er sich mit einem blöden Angebergesicht zu uns umdrehen konnte. Das hat mich so genervt, dass ich ihm gezeigt habe, wie Schnellfliegen wirklich geht.“

„Du bist mindestens zwei Wochen zu früh!“, stelle ich anerkennend fest.

„Echt? Cool! Aber ich bin jetzt auch richtig kaputt. Sag mal, ist noch was von dem Eis da?“

Aurora freut sich. „Klar, ich mach uns allen ein ganz großes.“

Lieber nicht!, möchte ich rufen, weil ich Angst vor dem unangenehmen Gefühl habe, aber ich bin zu höflich.

Aurora rennt sofort los zu ihrem Eiswagen und kommt mit einer Waffel und zwei Schüsseln zurück.

„Hier. Flummi Fortissimo. Das Eis, an dem ich dich aus Bob gezogen habe, Emma. Lecker, oder? Bob, du willst doch bestimmt auch."

Ohne eine Antwort abzuwarten, nimmt Aurora eine Kugel aus der Schüssel und wirft sie mir zu.

Ich verziehe angewidert alles, was vom Eis berührt wird. Und fühle mich wie Finger beim Anfassen von Bechern, die zu oft in der Spülmaschine waren.

„Entschuldige, Bob", murmelt Aurora nachdenklich und beäugt mich skeptisch. Ich gebe mir alle Mühe, nicht zu unhöflich zu gucken, aber ich kann das Ekelgefühl nicht unterdrücken.

„Lecker", sage ich, ohne es zu meinen.

„Du siehst aber gar nicht aus, als würdest du das lecker finden", kommentiert Emma trocken.

„Doch doch", lüge ich.

Aurora antwortet nicht. Sie schleckt wortlos ihr Eis. Dann kratzt sie ein bisschen von ihrer Kugel ab und wirft es an meinen Rand. Ich versuche wirklich, nicht das fiese Gesicht zu machen, aber selbst so ein kleines bisschen von dem Eis fühlt sich gemein an.

Kommentarlos greift Aurora sich jetzt Emma und setzt sie auf der Stelle ab, auf die sie eben das Eis geworfen hat. Emma guckt empört, weil sie damit rechnet, wieder einzusinken, und da passiert – gar nichts.

Mein Schnee ist fest.
Emma geht ein paar Mal
in die Knie, um zu testen
wie fest. Ziemlich fest.

Sie hüpft. Und während sie auf mir auf und ab springt, ruft sie mir zu: „Bist du nicht eigentlich schwer porös?"

Speiseisbo

„Ja“, antworte ich.

„Hmmmmm“, überlegt Aurora und rennt zu ihrem Eiswagen. Mir schwant nichts Gutes. Nach einer Weile kommt sie mit einer Riesenwanne Flummi Fortissimo und einem Besenstiel zurück, an den sie eine enorme Schüssel gebunden hat. Das sieht aus wie ein normaler Eisportionierer, nur in riesengroß. Aurora schaufelt eine Kugel in die Schüssel, legt sich den Besenstiel auf die Schultern und blickt mich konzentriert an. Ein Auge kneift sie zu.

„Nein danke“, sage ich.

„Magst du etwa mein Eis nicht?“, fragt Aurora scheinbar verärgert.

„Äh“, antworte ich unsicher. Aurora grinst.

„Ich weiß, dass du das nicht magst, und das ist ok. Das ist sogar großartig! Weil du das Eis so eklig findest, dass du dich zusammenziehst.“

llschlacht

„Ach“, sage ich.

„Guck doch, wie Emma auf dir tanzen kann.“

Zum Beweis macht Emma eine Drehung wie eine Balletttänzerin. Es kitzelt und ich muss lachen.

„Ich schlage dir ein Experiment vor.“ Aurora guckt, als würde sie sich wieder ums Geschäftliche kümmern wollen.

Ich schaue sie skeptisch an.

„Allora. Ich möchte dich überall mit meinem Eis bewerfen.“

„Speiseeisballschlacht!“, ruft Emma und reibt sich hüpfend die Flügel.

„Aber ich mache das nur, wenn du das willst“, fügt Aurora hinzu.

Ich fühle mich unwohl.

„Wenn dasselbe passiert wie hier am Rand, dann müsstest du überall fest werden“, erklärt sie.

Klar! Wenn es an meinem Rand klappt, müsste es beim Rest auch funktionieren. Ich könnte fest sein. Auf mir könnte jemand gehen. Oder sogar rodeln. Aber das eklige Gefühl. Ich überlege hin, her und wieder zurück.

„Ok. Los“, sage ich
und kneife die Augen
zu.

Aurora fackelt nicht lange, macht Riesenkugeln mit ihrem selbst gebauten Riesenportionierer und schleudert sie auf mich. Die Kugeln landen gleichmäßig verteilt auf mir – und überall passiert das, was am Rand passiert ist. Es ist ganz furchtbar.

Es ist schlimmer als damals, als ich seekrank war. Da hatte es so lange geregnet, dass unter mir ein See zusammenschmolz, auf dem ich wild hin- und herschaukelte. Ich kann es kaum aushalten. Als würden mich kleine wütende Wiesel von innen mit Handschuhen aus Kohlensäure zusammenboxen.

Voller Sorge guckt Aurora mich an, und von weit weg höre ich sie rufen: „Bob, ist alles ok?“

Ich kann nicht antworten, weil ich versuche, mich wegzudenken. Ich denke an die lustige Wolke, die ich letzte Woche gesehen habe. Ich denke an alle Bäume, die ich kenne und zähle sie durch.

Dann zähle ich sie nochmal auf Englisch, komme aber nur bis acht, weil mir *nine* nicht einfällt, obwohl es klingt wie Nein und das genau das ist, was ich eigentlich die ganze Zeit rufen will. Ich erinnere mich an den kleinen Spatz, der vor ein paar Jahren auf mir landen wollte und in mich hineingeplumpst ist. Der wurde nur gerettet, weil viele andere Vögel bis zu meinem Boden eine Vogelkette gebildet haben. Ihr Geflatter in mir fühlte sich so an, wie ich mir Verliebtsein vorstelle. Das war schön.

Jetzt ist es nicht schön. Aber ich habe mich zum Glück schon so lange weggedacht, dass der Schmerz nachlässt. Aurora und ich atmen auf.

Emma stopft sich den Rest
ihrer Eiswaffel in den Schnabel
und geht mich mutig hoch.
Tipptipptipp – und wieder
einen Schritt weiter.
Ich bin so aufgeregt.

Ein Vogel geht mich hoch, ohne einzusinken. Ganz in echt. Bis ganz nach oben.

Sofort lässt Emma sich wieder runterrollen und joggt jubelnd gleich wieder hoch. Als sie das zweite Mal an meinem Gipfel angekommen ist, reißt sie ihre Flügel in die Höhe und hüpft vor Freude. Ich strahle staunend.

Aurora hat immer noch den Besenstieleisportionierer in der Hand, als auch sie mich hochstapft und hüpft. Sie ruft immer wieder glücklich: „Bob! Bob! Es klappt! Es klappt!“

Als sie oben ist, rammt sie den Besenstiel wie eine Fahne in meine Spitze. Das klingt zwar, als würde sie mich abstechen, ist aber überhaupt nicht schlimm. Ich merke das gar nicht. Ich lache und lache und lache. Aurora ist der erste Mensch, der jemals auf meinem Gipfel stand. Der Besenstiel flattert vor meinen Augen tatsächlich wie eine Fahne, weil er durch meine glücklichen Tränen so verschwimmt.

Ist das zu glauben?
Ich bin ein richtiger
Berg.

Wie zum Beweis zieht Aurora den Besenstielportionierer aus mir heraus, setzt sich in die Rührschüssel und saust mich hinunter. Sie juchzt und lacht fast so laut wie ich. Es fühlt sich an, als würde ich von innen mit zartem Gold bestrichen.

Unten angekommen rennt sie sofort zu ihrem Auto. Hä? Ich dachte, wir würden uns jetzt zusammen freuen. Und ich habe gehofft, sie rodelt noch einmal. Aber Aurora hat anscheinend andere Pläne.

„Das müssen alle wissen", sagt sie beim Einsteigen und braust davon.

Emma und ich hören nur noch diverse Auto- und Reifenquietschgeräusche, als Auroras Eisauto um eine steile Kurve fährt und verschwunden ist.

Da stehe ich jetzt. Fest wie ein Berg, aber zittrig wie ein Wackelpudding.

Ich habe keine Ahnung, was passieren wird. Bleibe ich jetzt so? Was hat Aurora vor?

Ich sage ein bisschen hilflos „Na?“ zu Emma, aber bevor sie etwas genauso Blödes antworten kann, kommt Aurora zurück. Wieder quietschende Reifen, wieder stürmt sie aus dem Auto. Dann geht sie denkend auf mir hin und her.

„Ich habe doch niemandem Bescheid gesagt“, erzählt sie eher sich selbst.

„Warum nicht?“, frage ich vorsichtig.

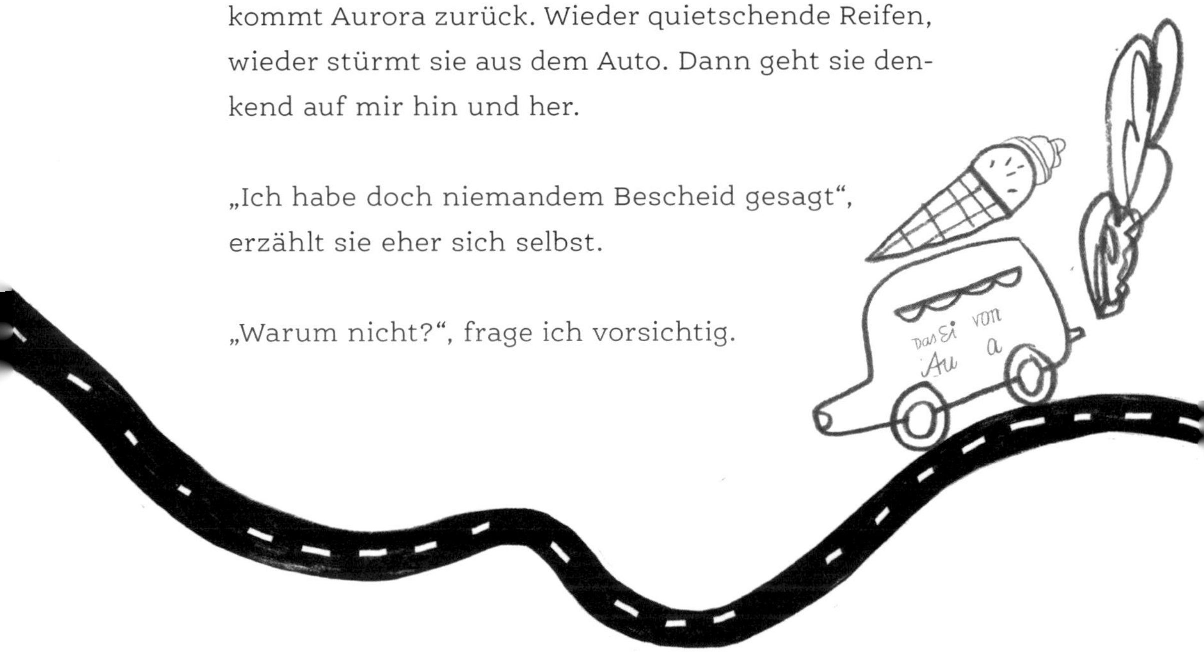

„Weil wir nicht wissen, wie lange die Wirkung anhält. Für immer? Eine Stunde? Eine Woche? Und wenn du weitere Eisladungen brauchst, dann darf dir das nie wieder so wehtun. Wir können nicht allen sagen, dass du jetzt ein fester Berg bist, bevor wir nicht alles herausgefunden haben.“

Aurora hat Recht.

PUFF
PIFF
ZISCH

Sie zückt ihr Handy, rennt telefonierend zu ihrem Eiswagen, wirbelt Töpfe, Löffel und einen Schwamm hin und her und irgendwann ist nur noch eine bunte, wilde Wolke zu sehen.

Zwei Wochen geht das so.

Aurora nimmt Proben von mir, rennt mich rauf und runter, stampft, kommt mit superschweren Gewichten, nimmt wieder Proben, und schreibt komplizierte Rechnungen auf hunderte von Zetteln.

Emma und ich spielen die meiste Zeit „Wer zuerst blinzelt, verliert“. Für mich ist das im Vergleich zu meinem bisherigen Leben sehr abwechslungsreich, aber für Emma ist das saulangweilig. Deshalb will sie mir Lesen beibringen, indem sie mir Buchstaben vorfliegt. Sie ist so leidenschaftlich bei der Sache, dass ich lieber nicht sage, dass ich es schon kann. Irgendwann erspäht sie beim Fliegen einen Eisstiel, den jemand auf den Boden geworfen hat.

„Das ist ja ein tipptopp Snowbard“, ruft sie begeistert.

Auch Müll, aber gesünder als Zigaretten, denke ich noch, als Emma mich schon mit dem Eisstiel unter dem Flügel vorsichtig hochstapft.

Ganz oben angekommen wirft sie ihn auf den Boden, hüpft drauf und saust mich in gekonnten Schwüngen hinunter. Es ist ein tolles Gefühl, das Fahrgeräusch zu hören und zu spüren, wie ein fröhlicher Vogel von meinem Gipfel hinunterdüst. Ich freue mich, dass das, was ich mir so lange gewünscht habe, auch in Wirklichkeit so wunderbar ist. Weil ich die Augen zu habe, um die Snowboard-Streicheleinheiten und das Emmajuchzen zu genießen, weiß ich nicht genau, wie lange Aurora schon vor mir steht.

Obwohl ich sie sehe, kann ich nicht erkennen, wie sie guckt. Emma bremst ihr Snowboard und guckt auch. Ich gucke. Aurora guckt. Und dann strahlt sie.

„Ich hab's", sagt sie. Dann brüllt sie: „ICH HAB'S! Ich habe bis auf die Millisekunde ausgerechnet, wie lange wie viel von meinem Eis dich fest macht. Und ich weiß jetzt auch, was wir machen können, damit dir die Flummi Fortissimo-Behandlung nicht wehtut. Hier."

Aurora wirft eine große Eiskugel auf mich. Ich kneife meine Augen zu und rechne mit dem Schlimmsten – aber es tut nicht weh. Ich spüre nur, wie ich fester werde.

„Es tut nicht weh“,
sage ich erstaunt.

„HA! Ich wusste es“, ruft Aurora. „Das ist dein persönliches Schmerzmittel aus Butter, Glutamat und Wollmäusen. Bob, ich bin ein Genie!“

„Wollmäuse?“, frage ich ängstlich.

„Keine Panik, die heißen nur so, in echt sind das Fussel.“

Und dann beschießt sie mich einmal rundum mit dem schmerzfreien Flummi Fortissimo.

Nach der letzten Kugel wischt sie ihre Hände an einem ihrer Schals ab und rennt zu ihrem Eiswagen.

„JETZT kann ich allen Bescheid sagen.“

„Ich auch!“, brüllt Emma.

Jetzt bin ich also wieder allein. Aber dieses Allein fühlt sich anders an als das, bevor Aurora und Emma da waren. Weil ich weiß, dass sie wiederkommen.

Aurora hat in den umliegenden Dörfern gebimmelt und gehupt und allen euphorisch und wissenschaftlich erklärt, dass ich jetzt sicher bin. Die Kinder haben sofort ihre Schlitten genommen, die Eltern sind ängstlich hinterhergerannt und jetzt kommen sie.

Alle.

Das ist das Schönste, was ich je gesehen habe.

So viele Kinder, die erst ganz vorsichtig mit ihren Fußspitzen auf mich tippen und nach und nach immer mutiger werden. Sie gehen ein paar Schritte hoch, gehen wippend in die Knie und dann hüpfen sie. Überzeugt von meiner Festigkeit rennen sie mich hoch, stellen ihren Schlitten hin, nehmen Schwung und fahren mich hinab. Immer wieder. Ich fühle mich wie pures Glück.

ahhh

Die langsam überzeugten Eltern beginnen zu frösteln, und die ersten von ihnen bestellen bei Aurora Kaffee. Mit breitestem Grinsen macht sie die besten Cappuccinos und Latte Macchiatos, weil sie schon genau weiß, was als nächstes kommt: die Kinder. Weil, wenn die Eltern was bestellt haben, müssen sie es auch ihren Kindern erlauben.

Dann ist Auroras großer Moment gekommen. Sie jongliert auf zwei Portionierern viele Kugeln Eis in leckere Waffeltütchen und die Kinder glauben es gar nicht.

So lecker, so besonders außergewöhnlich schmeckt dieses Eis. Sie schlecken und gucken staunend in das Geheimfach und kichern, weil ihre Eltern nicht wissen, dass sie ihnen gerade eigentlich vier Kugeln Eis gekauft haben. Was für ein Paradiestag, an dem sie sich nur entscheiden müssen zwischen Schlittenfahren auf dem glücklichsten Berg oder einem Eis bei der glücklichsten Eisproduzentin.

Das Eis von
Aurora
HIHI

Und auch Emma erlebt noch ihren Moment.

Mitten im Trubel entdeckt sie nämlich am Horizont den Schwalbenschwarm, dem sie davongeflogen ist. Ganz vorn flattert, natürlich, der Angeberidiot, der sich das muntere Treiben von oben anguckt.

Emma fliegt zu ihm und sagt: „Ach, bist du auch schon hier! Also, ICH habe ja in der Zwischenzeit einen Berg rodelfest gemacht UND ein Eisgeschäft gerettet.“

Ende

Mareike ist eine sehr gute Illustratorin. Mittlerweile arbeitet sie schon wieder tapfer an einem anderen Projekt. Tag und Nacht arbeitet sie und zaubert ihre wunderschönen Illus auf Papier. Das Ei von Aua ist nicht nur gut, weil meine Mutter es geschrieben hat, sondern weil auch noch Picasso würdige Bilder drin sind. Ich hoffe, dass Mareike noch viele super Bilder zaubern wird.

Meine Mama wurde 1975 in Bremen geboren. Dort ging sie auch zur Grundschule. Sie machte ihr Studium in England. Sie ist eine sehr nette und sympathische Person. Sie hat einen sehr guten Schreibstil und ihr werdet es kaum glauben: Das Geheimnis ist, sie schreibt einfach sehr viel und gut. Das Ei von Aua ist ihr erstes Kinderbuch. Außerdem kann man mit meiner Mama gut lachen, denn sie macht oft sehr gute Witze. Leider ist sie Texterin, schade, sie hätte auch gut eine eigene Comedy-Show haben können! Tja, leider nichts geworden. Jedenfalls ist meine Mutter die witzigste und coolste Mutter, die man sich nur wünschen kann.

OSKAR D.

Mareike erste Adresse als Kind war „Unter dem Berg 4“. Wahrscheinlich kann sie sich deshalb perfekt mit Bob identifizieren.

Rikes Tochter forderte mal im verschneiten Bayerischen Wald ein Picknick. Rike hatte nichts Essbares dabei, konnte ihr Kind aber zum Glück mit dieser Geschichte abspeisen.

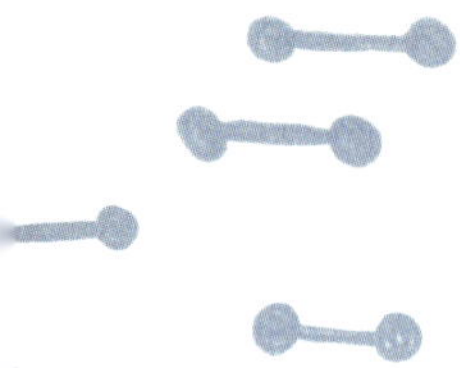

Impressum

© kunstanstifter, 2020

kunstanstifter GmbH, Mannheim

Alle Rechte vorbehalten.
Das Werk darf – auch teilweise – nur mit Genehmigung
des Verlages wiedergegeben werden.

Illustration & Buchgestaltung: Mareike Engelke
Text: Rike Drust
Lektorat: Lena Anlauf
Druck und Bindung: Kösel GmbH & Co. KG, Altusried-Krugzell

Papier: Munken Lynx Rough 120g/m²
Schrift: Ernestine Pro, Tomarik Extrovert

♥ Hergestellt in Deutschland ♥

Erste Auflage 2020
ISBN 978-3-942795-94-4

www.kunstanstifter.de

FSC www.fsc.org
MIX
Papier aus verantwortungsvollen Quellen
FSC® C013736

9 783942 795944

Klimaneutral
Druckprodukt
ClimatePartner.com/12027-2004-1003